I0695203

# ANNEMARIE NIKOLAUS

# DECEDUTO

## – Racconti brevi –

# CONTENUTO


Il saldo                       7
La collana                    11
Il banchiere del Papa         16
*L'autrice*                   *20*

# Il saldo

Tre Fiat con la fiamma gialla della Guardia di Finanza sulle portiere erano parcheggiate davanti alla sua banca questa mattina. Il direttore Michele Perini si infastidì che si trovassero direttamente davanti al portale e comunicassero inequivocabilmente a ogni passante che aveva in casa la polizia finanziaria.

Attraverso la porta d'ingresso in vetro aveva una panoramica dell'intera sala degli sportelli: solo due poliziotti in divisa si stravaccarono davanti al suo ufficio. Dunque, tutti gli altri erano già seduti nella sala conferenze per esaminare i fascicoli.

A uno degli sportelli di cassa stava un cliente il cui nome gli erasfuggito di mente. Sulla parete di fronte, il volto nascosto dietro un giornale, Fernando d'Alesi vi si appoggiava; riconobbe l'erede della vecchia famiglia del conte dal suo anello con sigillo.

Michele si strofinò la fronte con il fazzoletto. Poi lo ripiegò seguendo le pieghe dei calzoni ed entrò in banca.

Benché fosse sembrato così immerso, d'Alesi si precipitò subito verso di lui. «Direttore, attendo già un'ora. Devo parlarLe urgentemente.»

«Per favore, non si disturbi a venire di persona ogni mattina. Non appena i fascicoli verranno rilasciati, La contatterò. Mi dispiace molto di essere costretto a tenerLa in sospeso, Lei lo sa.» Lo lasciò e si affrettò verso il suo ufficio.

Uno dei poliziotti in piedi davanti a esso gli chiese: «Che cosa vuole da Lei il giovane che aspetta qui ogni giorno?»

«Denaro. Che altro si vuole da una banca?»

Con un grido Michele si svegliò.

«Oddio, Michele, cosa stai sognando ancora?» Sua moglie Carla accese la sua lampada da comodino, sospirando. «Se questo continua per qualche notte in più, preferirei dormire nella camera degli ospiti. Non solo frigni come un gattino abbandonato, ora stai anche colpendo intorno a te». Cercò la sua mano sotto il piumino e la strinse. «Stesso sogno ancora?»

«Ogni notte si avvicina sempre di più! Cammino e corro, ma non riesco a scappare da lei. Questa volta aveva già le braccia tese verso di me. Ho sentito il suo fiato soffiare sul mio collo.» Si scosse. «E poi, un abisso profondo - non c'era nessuno scampo. Orribile! Niente può salvarmi dalla sua ira!» Si strofinò la fronte sudata. «Magari non dovrei mangiare tanto quando torno a casa tardi.»

«Forse non dovresti tornare a casa così tardi.»

«Oh, cara, non posso lasciare la mia gente sola con la Guardia di Finanza. Non sarebbe leale. Ancora qualche giorno e allora questo incubo sarà finito. Sono sicuro che nessuno nella banca sia stato consapevolmente coinvolto nel riciclaggio di denaro.»

«Dunque potresti dormire bene», rispose, «ma allora perché il giudice istruttore non appare nei tuoi sogni? Perché sei perseguitato dalla vecchia contessa?»

Non gli fu possibile rispondere; Michele guardò fisso fuori dalla finestra. Sotto la luna piena, la silhouette del Castello di Madruzzo si ergeva sulla montagna di fronte. La vista lo fece rabbrividire e tirò la coperta fino agli occhi.


La settimana seguente Michele parcheggiò davanti alle mura beige del Castello di Madruzzo. Respirando pesantemente, salì le ripide scale di porfido fino al primo piano. D'Alesi aveva restaurato la metà di questo piano e l'aveva attrezzata con bagno e riscaldamento. Il resto del castello era da tempo disabitato.

Lungo le scale erano appesi i quadri dei nobili antenati; dipinti scuri sino a uno: la Contessa Marcella de Eccher, nonna di Fernando d'Alesi, non era solo rappresentata con un dipinto ad acquerello come tutti gli altri, che la presentava da giovane. Accanto a esso era appeso un ritratto fotografico, che presumibilmente fu scattato poco prima della sua morte. Le mostrava come appariva a Michele nei suoi sogni.

D'Alesi lo approcciò dal salone del caminetto. «Sembra esausto, direttore. Grazie per essersi impegnato a venire così tardi.»

«Qui almeno siamo indisturbati e possiamo esaminare i documenti con calma.» Mise tre faldoni pieni sul tavolo di quercia, che stava al centro della stanza. Quando aprì i bottoni a pressione, i faldoni si aprirono a metà da soli. «Purtroppo Sua stimata nonna ha lasciato un po' di casino. Ha fermamente insistito sul suo sistema. Mi sono quindi preso la libertà di ordinare i fascicoli in anticipo.»

«Ciò che conta è che le documentazioni siano complete. Tutto il resto si troverà.» D'Alesi afferrò una pila di moduli ripiegati obliquamente.

Fino a notte fonda, rimasero seduti sulle prove per le ampie transazioni azionarie che la contessa aveva effettuato negli ultimi anni prima della sua morte. Di tanto in tanto si guardavano l'un l'altro con stupore quando si imbattevano in una speculazione di particolare successo.

«È davvero affascinante», disse infine Michele. «Pare che Sua nonna avesse un sesto senso per il mercato azionario.»

«Ma cosa ha fatto con tutti i soldi alla fine?», chiese d'Alesi.

«In ogni caso, non si trovano nella nostra banca.»

«Ma non ha portato alcuna prova che lei sia stata pagata per intero.»

«Non vi è alcun conto presso la banca in cui le restanti plusvalenze patrimoniali siano state registrate. Quindi anche il denaro non c'è.»

D'Alesi sospirò.

«Abbiamo bisogno di denaro disperatamente. Entro l'autunno dobbiamo restaurare il tetto e l'ala della torre; un altro inverno tempestoso e cadrà tutto. – In ogni caso, direttore, non è possibile. Ci devono essere altri documenti.»

«Certamente ha ragione.» Michele lasciò che il suo sguardo rimanesse fisso sulla mensola scura che si trovava in un angolo della stanza. «Ma anche Lei sa che nelle scorse settimane la Guardia di Finanza ha passato al setaccio tre volte ogni pezzo di carta in banca. Se avessimo avuto altri documenti, sarebbero stati trovati. E poi lo saprei.»

«Invece no. Non si trova niente che non si stia cercando!»

Michele annuì due volte e continuò a fissare la mensola. «Ha già guardato ovunque qui intorno?» Sapeva che la sua domanda era superflua e sorrise poiché d'Alesi taceva. Nei prossimi giorni sarebbe stato occupato e non si sarebbe presentato in banca.

Quando lasciò il castello più tardi, notò che la foto della contessa defunta era appesa proprio in modo che il suo sguardo lo seguisse mentre scendeva per le scale. Quando raggiunse il portale, la sua fronte fu bagnata da un sudore freddo. Tirò fuori il fazzoletto, lo dispiegò con le mani tremanti e si strofinò la fronte. Non riuscì a piegarlo di nuovo. Dunque lo spiegazzò, lo mise in tasca e aprì il pesante portale gemendo.

La mattina seguente, Carla lo trovò morto nel suo letto.

«Arresto cardiaco», diagnosticò il medico di famiglia e scosse la testa. «Eppure era perfettamente sano!»

Quando Carla svuotò la scrivania di Michele a casa dopo il funerale, si imbatté in una piccola cartella con la scritta «Marcella de Eccher»...


FINE

# La collana

«Se solo io potessi tenerti tra le braccia così per tutto il tempo!» Roberto seppellì il suo viso nei lunghi capelli di Sonia. «Darei tutto per questo», sussurrò sulla sua nuca.

Sonia sorrise alla sua riflessione. «È bellissima.» Passava le dita sulla collana di perle che Roberto aveva appena messo al suo collo. Poi si distaccò delicatamente da lui. «Non essere sciocco! Se divorziassi, perderesti la fabbrica. – Non mi dispiace proprio essere la tua amante.» Si voltò e gli diede un bacio. «E ora, con il tuo aiuto, finalmente ho ottenuto il lavoro come rappresentante per l'Asia! Ora possiamo passare intere giornate insieme.» Lo baciò di nuovo. «Tua moglie non saprà mai perché stai improvvisamente volando a Singapore continuamente.»

«E lo credi! Mi controlla continuamente. Elena pensa da molto tempo che l'abbia sposata solo per il denaro!»

«Ha ragione lei!»

«Non è vero!» Roberto protestò decisamente. «Mi è sempre stata cara. Già alla scuola materna. Per me si è persino scontrata con i suoi fratelli maggiori. Mi ha protetto da tutto. Come potrei non volerle bene?» Attirò di nuovo Sonia a sé e sorrise. «Ma te, ti amo davvero. Darei tutto per te.»

Sonia fece una smorfia. «Ti stai ripetendo, tesoro. Andiamo, beviamoci un bicchiere per il mio compleanno e poi ti butterò fuori. Devi andare al concerto con tua moglie.»

Dopo che Roberto se ne fu andato, Sonia afferrò il telefono con un sospiro di sollievo. «Sono io.» Le sue dita stavano giocando con la collana di perle mentre ascoltava. «No», disse poi, «aveva fretta, come spesso accade. Ma ha detto ancora una volta di voler restare per sempre con me.»

Aggrottò la fronte durante la risposta all'altra estremità della linea. «No», concluse la conversazione. «Non credo neanch'io che stia divorziando davvero.»

Elena aspettava davanti al teatro. Aveva alzato il collo a scialle della sua pelliccia ecologica viola e si scaldava le mani sotto le ascelle. «Dove sei stato per così tanto tempo?», sibilò quando Roberto si precipitò verso di lei. «Ho già chiamato l'ufficio tre volte!»

«Perdonami, non appena cadono tre bricioline di neve, questi imbecilli non sono più capaci di guidare. Lo dimentico ogni volta.»

«Non solo questo! A quanto pare, hai anche dimenticato di ritirare la collana di perle che hai ordinato.»

«Cosa?» Roberto la fissò con gli occhi sgranati per lo sbalordimento.

«Ieri ero dal gioielliere e lui mi ha chiesto cosa volessi farne. Aspettava da una settimana che tu la ritirassi.»

Roberto imprecò ad alta voce. «Che sciocco! Ora ha rovinato tutto!»

Elena si morse le labbra. «Cosa intendi dire? Lo sai che odio le perle. Volevi farmi capire in questo modo tanto tenero che ormai sono diventata un ferro vecchio?»

«Ma Elena!» Roberto si indignò. «Quindi niente collana. Ma devi litigare per tutto il tempo?»

«Beh, se stai spendendo i miei soldi, allora, per favore, che abbia senso!»

Sonia era seduta sulla panchina del parco con gli occhi chiusi e teneva il viso esposto a sole primaverile. Dei passi scricchiolarono sulla ghiaia dietro di lei. Si voltò e sorrise a Roberto. «Sono così contenta che tu sia riuscito a liberarti, dopotutto. Avevo quasi rinunciato ad aspettare. Il mio aereo parte tra un'ora.»

«Sei solo per un giorno in città! Dunque devo avere tempo per te. Per quanto tempo ho aspettato di rivederti. La tua idea del posto di lavoro a Singapore non ci ha aiutati affatto – al contrario!»

«Oh, Roberto, non ti lamentare! Sii piuttosto contento che io sia qui ora. E sii felice con me che ho tanto successo a Singapore. Nessuno può lamentarsi della tua raccomandazione.»

«Di certo sono felice per la tua carriera.» Roberto si sedette accanto a lei e le mise il braccio intorno alle spalle. «Sei eccezionale, tesoro mio. Ho sempre saputo di cosa sei capace. Tutto quello che ti serviva era un trampolino di lancio; ora lo hai dimostrato a tutti. Ma non ho comunque meritato una ricompensa?»

«Per il trampolino che mi hai procurato?» Lo baciò di sfuggita sulla guancia. «Ti amo, non è forse abbastanza per te? E penso a te anche se sono lontana. Le tue perle mi ricordano te tutti i giorni.»

Roberto ringhiò frustrato. «No, non mi basta. Questo non mi basta per niente. Non tornare a Singapore. Voglio averti completamente solo per me! Troverò un modo.»

Sonia corrugò la fronte e lo guardò con occhi grandi. Iniziò a rispondere, ma Roberto le chiuse la bocca con un lungo bacio.


Sonia sedeva alla sua scrivania a Singapore e guardava il crepuscolo. Il vento vento faceva turbinare le foglie autunnali; a poco a poco la strada divenne più luminosa nel mare di luci delle insegne al neon.

Uno dei telefoni squillò. Quando vide il numero del chiamante, si accese un bagliore sul viso.

«Ho quasi finito», rispose. «Ci vediamo a Wu-Cheng in mezz'ora. Sono felice di vederti.»

Stava per indossare il cappotto; allora dietro di lei si aprì la porta dell'ufficio. Roberto si presentò all'ingresso e le sorrise. «Allora, angelo mio? Ho avuto successo con questa sorpresa?»

Sonia fece un respiro profondo. «Sì, anzi! Che cosa ci fai all'improvviso a Singapore?»

«Elena ha avuto un incidente ieri. È morta!»

«Che cosa?», balbettò.

Roberto le prese le mani e baciò un dito alla volta. «Elena è morta», ripeté. «Quindi tutti i problemi sono scomparsi.»

«Cosa intendi dire?» Aggrottando la fronte ritirò le mani.

«Adesso non c'è più niente e nessuno tra noi.» La sollevò facendola girare con esuberanza. «Ti porterò a casa. Partiamo questa sera stessa.»

«Ehi, fammi scendere», protestò Sonia.

Quando tornò con i piedi per terra, lo guardò seriamente. «Ma non posso abbandonare tutto da un minuto all'altro. Non posso proprio farlo!»

«Come sei industriosa», rispose con un occhiolino. «Non preoccuparti, me ne occuperò io.»

«No! Ho un appuntamento. Ora, non posso più cancellarlo.»

La fissò.

Sonia si voltò per il corridoio sorpassandolo. «Cancella il volo. Parleremo di tutto domani mattina.»

Roberto le afferrò il braccio. «Sonia, per favore. Aspetta!»

«Davvero non ho tempo adesso!» Si liberò da lui ed entrò nel vano scale.

«Ma aspetta!» Roberto si precipitò dietro di lei. «Allora sarai in ritardo. Non è mica la fine del mondo. Non puoi semplicemente piantarmi qui così.»

La trattenne di nuovo. Con forza Sonia lo spinse indietro.

Roberto inciampò. Alla ricerca di un sostegno, allungò la mano verso di lei: le sfiorò la collana di perle al collo. Essa si spezzò con un suono delicato.

Roberto perse definitivamente l'equilibrio e con un urlo cadde giù per le scale.


FINE

# Il banchiere del Papa

*17 giugno 1982:*

Era un bene che le serate londinesi fossero ancora di un freddo pungente poco prima dell'inizio dell'estate. Sembrava quindi un gesto naturale che l'uomo alzasse il colletto del suo cappotto prima di lasciare la sua stamberga; il cappello, lo tirò giù sulla fronte.

Camminò su e giù per le strade per un'ora e lungo il percorso si fermò in due pub. In ognuno di essi bevve tranquillamente una birra, lo sguardo fisso oltre la finestra, osservando le persone che attraversavano la strada. Quando infine giunse alla sua meta, era convinto che nessuno lo avesse seguito.

Esitò un istante dinanzi all'elegante residenza prima di avvicinare il campanello. Ma non aveva scelta.

Quando la porta si aprì, un giovane uomo lo incontrò nella luce rada del corridoio. «Venga, Sua Eccellenza La sta aspettando.»

L'uomo trasalì; non si aspettava che gli si parlasse qui in italiano. Scrutava lo sconosciuto con sospetto.

«Venga», disse ancora una volta lo straniero e lo invitò in casa con un gesto della mano.

Esitante l'uomo entrò nella piccola biblioteca, dove il padrone di casa studiava un vecchio in-folio con un bicchiere di vino in mano. «Signore, mi ha fatto dire che questa volta dobbiamo aiutare Lei. Cosa posso fare per Lei?»

«Monsignore, ho bisogno di trecentomila entro la fine del mese – almeno.»

«Trecentomila cosa?» Il vecchio sacerdote sorrise beffardamente. «Certamente non lire.»

Di colpo, l'uomo sentì troppo caldo nel suo cappotto. La faccenda non partiva bene. «Dollari, naturalmente», buttò fuori. «Questo pomeriggio sono stato deposto come presidente del Banco Ambrosiano. Non ho più accesso ai conti. Ma Pippo Calò vuole recuperare il suo denaro.»

«Davvero? Credevamo che sostenesse le nostre buone opere per comprarsi il perdono dei suoi peccati.»

La flagrante beffa fece rabbrividire il banchiere deposto. Cosa Nostra minacciava la sua famiglia e quel santino praticamente lo derideva. Si raccolse. «Solo la Loggia sa che il riciclaggio di denaro è avvenuto attraverso l'Istituto per le Opere di Religione. Calò pensa di aver investito bene il suo denaro.»

«Beh, dunque ha investito bene. Se Somoza avesse soppresso la rivolta, avrebbe avuto libero corso nell'America centrale ormai. Per come stanno le cose adesso, dovrà aspettare un po' più a lungo. Ogni investimento comporta una certa imponderabilità.»

«Molto spiritoso», sbottò il banchiere. «L'Onorevole Società sa che il nostro intero sistema di finanziamento è crollato. Non si curano di dove prendo il denaro – e nemmeno io! Lei è la mia ultima possibilità.»

Il sacerdote mise da parte l'in-folio e si avvicinò lentamente al banchiere. «Sta cercando di ricattarmi?»

«No, Eccellenza. Faccio presente solo che non ho altra scelta.» Il banchiere cercò di rimanere compiacente. «Sarei veramente dispiaciuto se avesse dei problemi.»

«Non ce n'è motivo!»

«Eppure...» Il banchiere ponderò attentamente ogni singola parola. «Ci potrebbero essere alcuni problemi se dovesse sorgere l'impressione che il Vaticano stia ancora finanziando i contras in Nicaragua. E sicuramente tutti capiscono che il Papa è particolarmente preoccupato per la sua Polonia, ma altrettanto certo è che alcuni potrebbero considerare il sostegno a Solidarność come un'ingerenza negli affari interni.»

«Il Vaticano sostiene le chiese di tutti i paesi poveri.»

«Però i soldi non sempre arrivano nelle casse parrocchiali. – Ma forse domani il Suo ambasciatore troverà questo argomento più interessante di quanto lo trovi Lei stesso.»

«Perché l'ambasciatore ceco dovrebbe interessarsi a Solidarność oppure ai contras?»

Si misurarono con lo sguardi. Entrambi conoscevano molto bene la risposta: ancor meno della controrivoluzione nella lontana America centrale, il governo cecoslovacco poteva tollerare un sindacato indipendente nel paese confinante.

Ma nessuno disse una parola. Per minuti il crepitio del fuoco fu l'unico suono.

Poi il sacerdote annuì. Istintivamente, il banchiere tirò un sospiro di sollievo. Aveva vinto.

«Signore, certamente ha dei documenti interessanti per noi.»

«Li ho lasciati in albergo. Valgono il loro prezzo.»

«Certamente.» Il suo ospite sorrise e indicò il tavolo d'angolo. «Signore, berrà un vino con me prima di andare, no? Il mio factotum La accompagnerà poi a casa. Domani mattina ci occuperemo delle transazioni necessarie.» Si voltò verso la porta. «Carboni, porta un bicchiere per il signore.»

La mattina seguente, un postino trovò il banchiere appeso sotto il ponte dei Blackfriars.

*Il banchiere morto ha un nome: Roberto Calvi. Questo breve racconto è una speculazione completamente sfacciata su che cosa avrebbe potuto precedere la sua morte.*

***

Undici anni dopo, un tribunale romano condannò il vescovo cecoslovacco Pavel Hnilica e Flavio Carboni a diversi anni di prigione per appropriazione indebita della valigetta di Calvi. Ci sono voluti altri sette anni prima che il vescovo fosse assolto in un procedimento d'appello perché aveva agito in buona fede con Carboni. Carboni, che era coinvolto in molti affari di quel tempo, invece no.

Nel maggio 2002, è stato finalmente stabilito in via giudiziaria che la morte di Calvi fu un omicidio.

Ma chi è il colpevole?

Non ancora? FINE

***

Se vi sono piaciuti questi racconti, consigliateli in giro. Raccomandazioni e recensioni aiutano altri lettori a trovare libri da godere.

# L'autrice:

Annemarie Nikolaus ha studiato psicologia, pubblicistica, politica e storia e ha lavorato a lungo come scienziata sociale e giornalista.

A cavallo del nuovo millennio ha cominciato a scrivere testi narrativi. Dopo la pubblicazione delle prime storie brevi, si è dedicata a romanzi storici e fantasy, poi ha iniziato a spaziare fra altri generi. In quanto storica appassionata, inoltre si diletta molto a rievocare epoche passate.

Dopo quasi vent'anni nel Nord Italia, ora vive con la figlia nel centro della Francia.

Una biografia dettagliata si trova su Wikipedia in tedesco.

**Blog in italiano:**
http://annes-werke.blogspot.com/p/blog-page_12.html
Patreon: www.patreon.com/AnnemarieNikolaus
Bluesky: https://bsky.app/profile/annemarien.bsky.social
Substack: https://annemarienikolaus.substack.com/
Facebook: http://on.fb.me/JLAN6J

# Pubblicazioni
## anche in formato audio

### In italiano:

**Reale Repubblica.** Collana «*Mondo in fiamme*». Romanzo storico. ISBN del tascabile 9781547520312.

**Lume di speranza. Calendario dell'Avvento.** Romanzo distopico. ISBN del tascabile 9782902412433

**La Corsara.** Collana «*Mondo dei draghi*». Romanzo fantasy. ISBN del tascabile 9782902412914

**Ridotti al silenzio.** Mini thriller. ISBN del tascabile 9782902412730

**Storie di magia.** Storie brevi per bambini. ISBN del tascabile 9782902412693

**Il cavallo di fuoco.** Romanzo fantasy. ISBN del tascabile 9782902412709

**Oltre la legge.** Brevi gialli storici. ISBN del tascabile 9782493398048

**La nipote.** Collana «*Quick, quick, slow – Club di Danza Lietzensee*». Romanzo d'amore. ISBN del tascabile 9782493398031

**Ritorno al parquet.** Collana «*Quick, quick, slow – Club di Danza Lietzensee*». Romanzo sul matrimonio. ISBN del tascabile 9782902412846

**Flirt con una star.** Collana «*Quick, quick, slow – Club di Danza Lietzensee*». Romanzo d'amore. ISBN del tascabile 9782902412853

**Deceduto.** Storie brevi. ISBN del tascabile 9782902412648

**Aquitania: La fine di una guerra.** Collana «*Ai bordi della strada...*». ISBN del tascabile 9782902412839